妖怪捕物帖

妖怪江戶篇

④影子武士的夜路襲擊！

大崎悌造 著
有賀等 繪

新雅文化事業有限公司
www.sunya.com.hk

主角與他的朋友們（一）

狐妖岡七

嗨！我是岡七，多多指教啊！

岡七是這個故事的主角，他在妖怪江戶鎮當捕快（捕快即類似現在的警察或偵探）。他今年一百一十一歲，不過妖怪的年齡大概是人類的十倍，所以用人類年齡來計算的話，他大概十一歲。

狐妖這種妖怪如果長出九條尾巴，就會成為一頭成熟而厲害的「九尾狐」，可是岡七暫時只有七條尾巴。所以他在追捕妖怪時，有時還是會失手啊……

岡七現時獨居在妖怪江戶鎮的一座破爛長屋裏。

他的絕招是變身和操控狐火！

岡七最擅長的妖術就是變身，和操控一種叫「狐火」的火焰彈。

岡七必定要打空翻才能變身；除了讓自己變身外，他還懂得「轉移變身術」，令身邊的妖怪變身。

看招，狐火！
熊！

岡七發射的狐火不單可以燃燒物件，還有很多不同的變化，例如會發光或爆炸！

變身術！
我變！

長頸妖怪阿六

阿六是一個長頸女孩，跟岡七一起長大，現在也跟岡七住在同一座長屋裏。她今年一百一十二歲，比岡七年長一歲。因為她可以隨意伸長頸項，所以喜歡四處窺看秘密。

她很熱心照顧岡七，但有時卻會跟他吵起架來……

小岡，如果你工作時躲懶，我不會放過你啊！

草鞋妖怪草助

草助是岡七的跟班，他是草鞋的古物精怪。

草助現在已是九十九歲，他跟岡七和阿六分開，住在不同的長屋裏。

草鞋是古人穿的鞋子啊！

什麼是古物精怪？

所謂古物精怪，原是一些古舊的用具，經過長年累月慢慢成精。

隆重登場~♪

主角與他的朋友們（二）

刺蝟妖怪零吉

零吉是刺蝟妖怪，他的身上長滿像刺針一樣的毛。他曾經以大盜「刺蝟小子」的身分，名震妖怪江戶鎮，卻因為一次事件得到岡七的幫助而改過自身。之後，他不單搬進岡七的長屋，還幫助他調查和追捕犯人……

零吉可以隨意控制身上的針毛，將它們伸長或發射出去；而且因為他修練過忍術，所以身手非常敏捷！

阿一

零吉的妹妹，因為妖力不強，所以無法像零吉那樣使用妖術。

妖怪江戶篇故事大綱

本篇故事發生在妖怪江戶鎮，這是一個住滿妖怪的大城鎮，這裏的妖怪擁有妖力，可以使用不同的妖術。不過除此以外，他們的生活跟人類沒有大分別。

而妖怪們有些心地善良，有些卻窮兇極惡，做盡壞事，所以岡七這位捕快每日總是忙着去查案和捉拿壞蛋。

這裏是大家熟悉的妖怪江戶鎮。這一晚，一名天狗獨自行走在深夜的街上——
天狗帶着醉意，非常興奮地唱着歌走路。
可是，這個時候……
♪喝酒喝個夠～來乾杯飲勝～杯莫停啊～唏！
喂，等一下！
出現

我要向你拿點東西。
拔刀
你想搶劫嗎？我可沒錢啊！剛剛喝酒時，全花光了！
嘩哈哈
黑天狗一刀齋
不，我想要的並不是錢……
「呵呵，那可有趣了，你知道我是天狗一刀流道館的館主嗎？」
天狗說完，隨即拔刀。
天狗一刀流，是妖怪江戶鎮眾所周知的劍術流派。
而身為道館館主，自然擁有上乘的劍術……

你想拿我的命，即管放馬過來吧！
嗚啊！
唏啊——
吵颼
天狗竟然被一刀擊倒了！接下來，更奇異的事情出現了。他躺下的身體裏，出現了一些發光的東西。
吸—
吸收

你錯了，我要的也不是你的命……
鏗
近來，妖怪江戶鎮發生了多宗路人在深夜被襲擊的案件。看來，犯人就是這個武士了。
踏步
踏步……
翌晨──
不、不、不好了！
不、不、
一如既往，草鞋妖怪草助又跑到岡七居住的長屋來。
岡七大哥～不好了！

嗨，草助，有什麼事情不好了？
夜路襲擊案終於在我們看管的範圍發生了！
你就是來通知小岡這件事嗎？不過小岡家中有客人啊，雖然我不知道是誰。

「你說有客人？但這件事可是重要得多啊！大哥，打擾了！」

草助邊說邊打開岡七的房門，也沒等岡七回應……

哈哈，草助你來遲一步了。夜路襲擊案的事情，平次老大已經告訴我了。
咦？

平次老大？難道就是那位錢龜妖怪？
什麼？是錢龜平次嗎？

你好，本人正是錢龜平次，多多指教啦！
這位男子漢就是錢龜平次，是一隻龜妖。他跟岡七一樣，是個捕快。
哎呀！如傳聞一樣英俊啊！

那傢伙這麼有名的嗎？
是的，大家說他是妖怪江戶第一大捕快。他的臉孔也不輸明星，所以很受歡迎。

「可是，平次老大為什麼會來找大哥的？」

聽到草助的疑問，平次就開始說明了。

「在我管轄的範圍裏，已經發生了多宗夜路襲

我已經全力調查，卻找不到線索。然後聽說岡七的管轄範圍內又發生了襲擊事件，所以我就來找岡七，希望能一起調查。
捕快有各自看守的區域，當有事件在自己的管轄範圍發生，他就要去調查，而其他區域的捕快不可隨意插手。
原來是這麼一回事嗎……
「既然平次老大拜托我，當然不能拒絕，我們正要去現場看看。」
「岡七，那我們立即出發吧。」
岡七他們就一起步出房門了……
唔？這傢伙……
平次發現了零吉，目不轉睛地盯着他的臉。
一驚
糟、糟了！

「你叫什麼名字？」

平次向零吉查問他的名字。

「我嗎？我叫零……」

話沒說完，岡七就慌忙捂着零吉的嘴了。

二郎吉！
他叫二郎吉！
呼～叫二郎吉嗎？

通緝犯
刺蝟小子零吉
不久之前，有一個叫刺蝟小子零吉的大盜弄得妖怪江戶鎮滿城風雨，不過你叫二郎吉的話，應該跟零吉沒關係吧……
……
對、對啊！二郎吉只是個平凡的園藝工作者！

*大家如果想知道零吉當大盜時的故事，可以翻閱第2冊《狐妖捕快初會刺蝟大盜！》。

既然岡七這樣說，我就相信你吧。二郎吉。
暗笑
這傢伙！我不能掉以輕心！

「先不要管他啦，平次老大，我們快點去夜路襲擊事件的現場吧！」

岡七努力想帶走平次，可是零吉卻禁不住心中的怒氣……

對啊對啊，你們快點出發吧。烏龜平日都是慢吞吞的啊！
哥哥！
哼！那傢伙還……

可是，平次卻沒有介意零吉的惡言，大方地回應。

「二郎吉先生，你就好好看看我是慢還是快吧。」

變身

平次將頭和手腳，都收進龜殼內！
嘩啊！
圓滾
錢龜妖術！回轉飛行！
然後他就開始用極快的速度轉動！
轟隆隆隆……
烏龜飛起來了？

颼——
那我先走一步了，岡七！
好厲害啊！
不行！我們也得趕上去啊！草助，像平時那樣變身吧！
遵命！
來吧，大哥，快穿上我吧！
變！
草助是可以變身成一對草鞋的。
我們衝吧！
好呀！
踏踏踏……
究竟，岡七今次能否成功解決夜路襲擊案呢？

簡單介紹一下

角色介紹　妖怪大全

錢龜平次篇

妖怪江戶第一大捕快

錢龜平次

今次跟岡七共同調查夜路襲擊案的，是受到公眾高度評價、被譽為「妖怪江戶第一大捕快」的錢龜平次。他不單拘捕過無數壞蛋，而且有情有義，對百姓溫文友善，也充滿男子氣概。所以在妖怪江戶鎮無妖不曉，大受歡迎！

雖然他跟捕快岡七認識已久，但合作調查還是頭一次！

堅硬的龜殼是無敵的防禦！

因為平次是龜妖，所以能把頭和手腳都縮進龜殼裏面，抵擋任何攻擊！

最擅長的絕技，是百發百中的金錢鏢！

平次最擅長的，是用錢幣投擲敵人的金錢鏢！他的命中率是百分之一百！他投擲出的錢幣，還可以像變幻球那樣，在中途改變軌道！

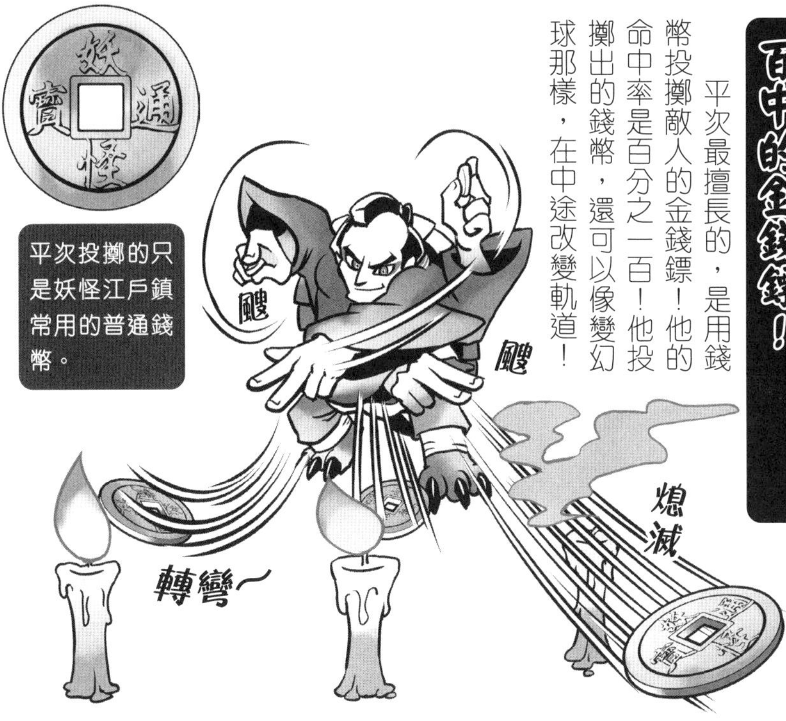

平次投擲的只是妖怪江戶鎮常用的普通錢幣。

可以上天下海！

平次是龜妖，當然擅長游泳，而且他還可以長時間潛在水裏！此外，他也可以像上一回的故事那樣，利用妖術在空中飛行。

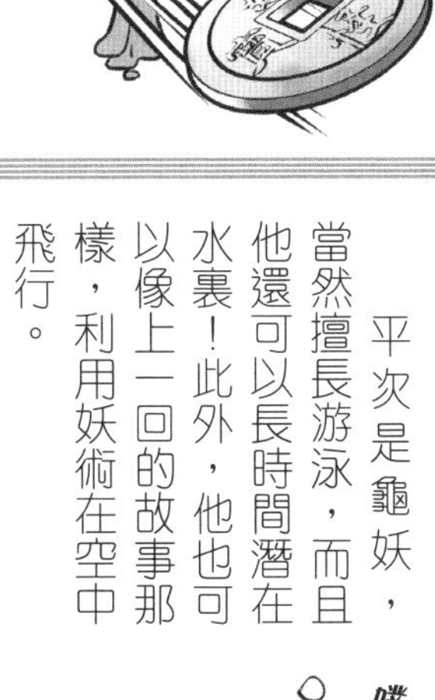

強中自有強中手？

除了以上所說的，平次還精通十手棒、劍術等各種武學。這麼厲害的捕快應沒有任何弱點吧？但事實上，有一個妖怪會讓他害怕得不敢抬頭，那就是在家裏等他回家的嬌妻了，她名叫阿鶴，是一隻鶴妖。

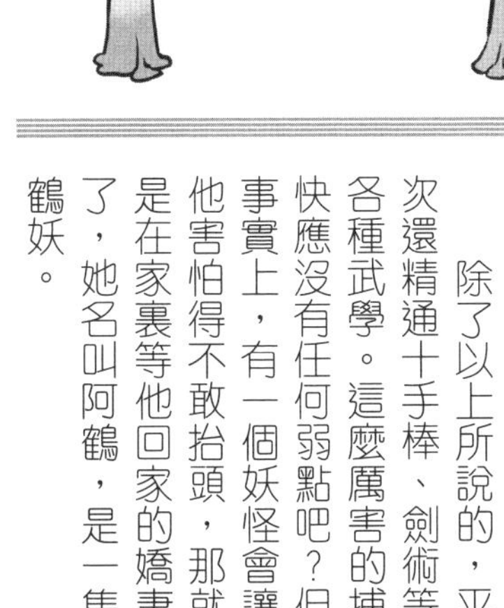

第二回 千津與劍四郎

岡七比平次稍遲到達案發現場。

昨晚被襲的黑天狗一刀齋仍然倒在那裏。

平次老大，怎樣？跟你之前的案件，犯案手法相同嗎？
嗯，是一樣的。之前的案件也是這樣從正面大刀闊斧地一刀解決。

「真的啊……看來兇手的劍術也相當了得呢！」

「對，而且受害者都被吸去了妖力。」

妖力就是妖怪的力量來源，如果妖力被吸去，不論任何強大的妖怪，也會動彈不得。

「聞說這一連串的襲擊案，兇手並不是要殺死受害者，而是吸取他們的妖力。」

「雖說這些不是奪命的斬擊，但妖怪如果被奪走妖力，也就完了。他們會不能動彈地一直昏睡，最後也會因為體力衰退而氣絕身亡。」

現時的受害者已經有七個，他們全都昏睡當中，還幸未有生命危險，但我也不知道如何讓他們醒來……
那還真慘啊……

「可是，兇手幹麼要奪去其他妖怪的妖力？」

「我也不知道，看來只有抓住真兇後親自審問才會知道答案。接下來我們分頭行事，向鎮民查問，看看有沒有妖怪目擊事情發生吧。」

「好的！」

岡七、草助和平次三個分別在附近查問鎮民，尋找襲擊案的目擊者。

可是，完全沒有妖怪看到或聽到什麼。

接下來的幾天，岡七他們也不斷去找目擊者，可是跟之前一樣，完全找不到任何線索。

哎呀，今天走了一整天路還是沒有任何線索。這案件真棘手，難怪平次老大也束手無策……
踏步……

可是這一晚，當岡七帶着疲乏的身軀回家時，看到零吉和一位不認識的女生站在家門前。

「啊，岡七你終於回來了！」

「幹麼？你在等我回來嗎？」

我做園藝工作時，常出入一個商戶的家，在那裏認識了這位女傭。她說有事情想跟你商量。
幸會，我是犬神千津。
犬神千津
「我今天跟零吉先生說起我哥哥的事情，他說應該跟你商量一下，所以我就過來了。」
「你哥哥的事情？」
是的……我懷疑鬧得滿城風雨的夜路襲擊案，真兇就是我哥哥。
你、你說什麼！

岡七請千津進他的家裏，讓她慢慢講述這事情。

「我哥哥叫犬神劍四郎，他之前被一位富有的武士僱用當劍術教頭，不過，一年前就辭職了。」

「教頭？就是劍術的師傅了……那麼他的劍術一定很高明吧？」

「是的，他在所有劍術比賽中未逢敵手。」

「那可真厲害啊！」

「不過，哥哥本來就不喜歡武士那種刻板又艱苦的生活，所以他在一年前辭任劍術教頭後，開始住在妖怪江戶鎮的長屋裏，過着悠閒的放浪生活。我因為雙親早逝，只有哥哥一個親屬，也只好跟哥哥一起住進長屋裏去。」

之後，哥哥就當起搬運之類的勞動工作，我也在一個商戶的家裏當起女傭來。生活說不上容易，但我跟哥哥一起生活，也總算過得幸福。
可是，兩個月前左右，劍四郎先生拾到一把奇異的刀，之後他就變得很奇怪了。
奇異的刀？
那把刀是哥哥在路上拾到的，我勸他把刀拿去官府，可是他都不聽我的。而從那一天起，哥哥就好像換了另一個性格似的。
哥哥平時溫柔又開朗，但現在完全不說話，也不去工作；日間就把自己關在家裏，晚上有時候就會帶着那把刀出門……
兩個月前的話，正好就是夜路襲擊案開始出現的時候。
正是如此。

千津因為哥哥性情大變而陷入煩惱，她完全不知道該怎樣做才好，所以就去找零吉商量。

「……事情就是那樣了，岡七，你一定要幫幫千津小姐啊！」

「唔……雖然你叫我幫她，可是……」

岡七陷入了沉思，突然……

伸出
什麼啊，小岡！你不打算幫忙嗎？
嗚哇！

阿六！你又偷聽了嗎！
男子漢大丈夫，不該介意這點事！

住在隔壁的阿六，最喜歡把脖子伸長進來，窺探岡七的家。

「阿六，你明白嗎？雖說要我幫忙，但如果千津小姐的哥哥真的是夜路襲擊案的真兇，我不得不將他抓住並送進牢房啊！」

「呀，原來如此！」

「那樣也行嗎，千津小姐？」

「是的，我已有心理準備。如果哥哥真的是兇手，與其讓他繼續犯案，不如抓住他，讓他好好贖罪。」

聽到千津這樣說，岡七也下定決心。

「我明白了，那麼從明天起，我就監視着你哥哥的一舉一動。」

「謝謝你！」

岡七把千津送到門口，讓她離開。
千津小姐，你明天開始也要盡量跟平常一樣，別讓哥哥起疑心。
好的……那一切都拜托你了。
那我送千津小姐回家吧。

出來。這時，阿六從家裏跑
呀！千津小姐！等一下！
啊？
阿六用岡七他們聽不到的聲量，跟千津悄聲說話。
?
千津小姐，你是不是對零吉先生有好感啊？
悄聲
咦？你怎會知道的？
噗通
果然如此！這是女生的直覺啊！
原來如此，不過請你不要告訴零吉先生，因為我覺得他還不知道我的心意啊……
千津小姐，不要搞得太晚，是時候要起行了！
啊，好的！

你跟阿六說什麼？
嘻嘻，是女生的秘密……
唉呀～真是的……
你幹麼歎氣了……
而且他們兩個是怎麼了？
真是的，為什麼男生都這麼遲鈍啊～
第二天晚上開始，岡七和零吉就到千津和哥哥劍四郎所住的長屋監視。

喂，其實你不用陪我監視啊。
我不來不行吧？你日間也要跟錢龜他們一起四處巡邏吧？

的確，岡七打算搞清楚千津哥哥的事情後，才告訴平次和草助他們，所以他日間還是如常跟他們一起四處去查問。

「因為這樣，你才會疲累到打瞌睡啊，我可是來監視着你去監視疑犯的。」

「哼！你不也有園藝工作嗎？不是跟我一樣？」

「這樣我們可以輪流睡覺，你先休息一下吧。」

零吉你這傢伙，原來是擔心我太累了嗎……
那我先睡一下啦，你累的時候就喚醒我吧，到時由我來監視。
好的，知道啦。

從這一天起，他們兩個每晚都去長屋監視。
可是，過了很多天，還是沒有事情發生過。
感謝你們常拿宵夜來啊。
沒關係，慢慢吃！
太口
太口
終於，到了某一個深夜……
卡………
喂，有人出來了！
什麼？

悠悠踏步……
犬神劍四郎
戴上
岡七和零吉悄悄地跟蹤劍四郎。
哥哥……

在跟蹤劍四郎不久後，岡七他們發現了一件事。

「路上完全沒其他妖怪啊。」

「大家因為害怕再發生夜路襲擊，所以晚上都不敢出門了。怎麼辦？這樣就不能知道劍四郎會不會犯案了。」

「這下子只好用這方法了。」

翻筋斗
變身術！
我變

岡七運用他擅長的變身術，改變了外貌。
那我先繞過去，走到劍四郎的面前。
好的，你小心啊。
今晚有月光，你可以用上「縫影針」了。
放心交給我吧。

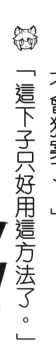

鐺鐺
鐺鐺
岡七抄小路，特意走到劍四郎的前面出現。
等一下！我要向你拿點東西。
拔刀
哼！你想要的是我的妖力嗎？我不會這麼輕易就交給你啊。
你說什麼！
岡七馬上變回原來的樣子。
變身！
襲擊案的真兇，接受處分吧！

「原……原來你是捕快！」
「對啊！我是受千津小姐所託，前來監視你的。」
「什麼？你認識千津嗎？」
「竟然讓那麼好的妹妹傷心，你還配當哥哥嗎？」
多管閒事！
颼！
嗚哇！
好強勁的揮刀！如果中個正着可完了！
岡七發現打近身戰非常不利，所以跟劍四郎拉遠距離來對戰。
看招！狐火散彈！
冒出
冒出
岡七向劍四郎不斷發射狐火。

哼，雕蟲小技！
可是，劍四郎迅速揮刀，狐火都被他巧妙地一一斬開。
啪吵
啪吵
不愧是劍術高手……但這一招你應付到嗎！
噗啪

閃光——
嗚，好刺眼！

這一球狐火，在劍四郎斬開之前已爆開，發放出強光。

「你感受到狐火閃光彈的威力了吧！」

狐火有不同的種類，岡七是可以按情況隨意發射的。

「零吉，時機到了！」

聽到岡七的呼喚後，之前一直藏身暗處的零吉立即飛躍出來。

吃我這一記！刺蝟妖術，縫影針！
縫影針是零吉擅長的妖術。只要影子被零吉的飛針刺中，他的身體就會動彈不得！
呼呼發射……
怎料……
溜走
啪啪
啪
啪
噗
什麼！影子竟然會動？

可惡！還有多一個傢伙！
揮刀
嚇！
零吉！危險啊！
擲出
鏗！
嗚啊！
乘着劍四郎脫手失劍的機會，零吉向他打出一記重擊。
嗚啊！
碰！
喀嗟

倒下
呼……剛才好險啊！
零吉！你沒事嗎？
嗯，我沒事……不過啊，真是叫人難以置信，影子竟然會自己避開我的針！
什麼？真的嗎？

「先……先別管這個了，還是先綁起劍四郎先生吧！」

岡七馬上拿出繩子，綁起暈倒了的劍四郎。

「成功了，岡七！你這下立大功了。」

「還好啦，我倒是一想到千津小姐，就開心不起來了……」

「嗯，你說得對……」

這個時候，劍四郎逐漸醒來了。

嗚呃……

劍四郎！你為什麼要四出襲擊鎮民？
襲……擊鎮民？你究竟在說什麼？
什麼？

劍四郎一臉疑惑地看着岡七他們。

「你們是誰？不，該說我為什麼會在這裏？」

劍四郎看來完全記不起自己幹過什麼的樣子。

你在胡說什麼？你剛才想用那把刀襲擊我們啊！
喂，岡七！

啊！
本來跌在地上的刀不見了！
那把刀不見了……
怎、怎會這樣的？
原來，在岡七他們沒注意的時候，有一隻妖怪把刀拿走了。
而這真兇正潛藏在牆壁的陰影下，暗中監視着一切。
沒多久，這個妖怪就像影子那樣，消失在黑暗之中。
消失……
看來，這個案件還沒有解決……

簡單介紹一下

角色介紹　妖怪大全

犬神劍四郎與千津篇

技術了得的劍術大師

犬神劍四郎

犬神劍四郎妖如其名，是一隻狗妖怪。他的妖力不強，不能像岡七和零吉那樣施展妖術，不過劍術卻非常了得。他本身性格溫柔，究竟是什麼原因才會犯下夜路襲擊罪行？

一刀兩斷

劍四郎因為不喜歡武士刻板又艱苦的生活，所以辭退了工作，住進了妖怪江戶鎮的長屋，當搬運之類的勞動工作，過着悠閒的生活。

為哥哥着想的體貼妹妹

犬神千津

千津跟哥哥劍四郎一起住在長屋裏，她在一個商戶的家裏當女傭；零吉因為園藝工作的關係，經常出入商戶的家而跟千津相熟起來。

零吉先生，喝杯茶休息一下吧。
啊，麻煩你了。

妖怪江戶鎮的強勁劍士

妖怪江戶鎮除了劍四郎之外，還有很多臥虎藏龍，就為大家介紹當中幾位強勁劍士吧！

野牛十兵衛

他是牛妖，使用名為「野牛流」的力量型劍術！他平時好像會進行一些秘密工作。

千葉龍作

他是龍的妖怪，在妖怪江戶鎮成立了道館，擁有眾多徒弟；他使用的是名為「極辰一刀流」的華麗劍術。

宮本草藏

他是稻草人的古物精怪*，雖然看起來不怎麼厲害，但他自創的二刀流劍法，至今仍未嘗一敗！

*古物精怪原是一些古舊用具，經過長年累月慢慢成精。

佐佐木長次郎

他是長手妖怪劍士，劍術就是利用他長臂的特點，用的劍也是被戲稱為「晾衣桿」的超級長劍！

第三回
妖刀怨正
岡七決定先帶劍四郎回家再處理。
哥哥！
千津小姐，夜路襲擊案的真兇，是你哥哥劍四郎沒錯，但他卻完全沒有記憶。
什麼？

岡七請劍四郎親自說出詳情。
「你是由什麼時候失憶的？」
「唔，我最後記得的，是某日回家途中，拾到一把刀……」

大約兩個月前，劍四郎在路上拾到一把刀。那是他從沒見過的好刀。

不過，在路上拾到的東西，不可以據為己有，所以我正打算把刀送到官府。我的記憶就只到這裏為止了……
之後你就在沒有記憶之下，繼續跟千津一起生活，還犯下了多宗夜路襲擊案嗎？
原來如此……

「那樣說，最可疑的就是那把刀？」

「是的，有可能是那把刀控制了劍四郎。劍四郎先生，你拾起那把刀的時候，有沒有什麼特別的感覺？」

「沒有，拿着刀的時候沒有什麼特別的感覺……不過，在那之後，我卻覺得有什麼東西進入了我身體似的。」

「有東西進入了你的身體？」

「然後我就好像陷入了熟睡狀態，完全沒有意識。我再回復意識的時候，就是剛才被你們抓住的一幕了。」

「請問……岡七老大，那我哥哥算是犯罪了嗎？」

千津，儘管我並沒有記憶，但犯下夜路襲擊案的，看來的確是我，我一定要贖罪……來，岡七大人，請你把我關進牢獄吧！
喂，岡七……
哥哥！

現在最重要的是先找出那把刀。在這之前，劍四郎先生就像平常一樣，跟千津小姐待在這裏吧。
什麼？
真的嗎？

「如果我找到那把刀，可以證明劍四郎先生是被它操控的話，你應該不會被問罪的。在我們找到刀之前，你就別到處走了，乖乖待在家裏吧。」

「我知道了。」

劍四郎和千津聽到岡七的話後，打從心底鬆了一口氣。

岡七和零吉跟劍四郎他們告別後，就走回家去。

哎呀，你真不愧為大捕快岡七老大啊。這真是一個充滿人情味又公正的決定！
哼，別笑我啦！

「不過，岡七……真的謝謝你啊。」

「別來這一套啦！你跟我道謝，可讓我背脊發毛啊！」

「哈哈，真不好意思。不過，只要找到那把刀，襲擊案就能解決了。」

「但願如此吧……」

到了第二天早上——

大哥，不好了！
開門
昨晚又發生夜路襲擊案了！
什、什麼！
起來
草助又跑到岡七的家裏來了。
岡七立即趕到襲擊案現場，發現平次早已到達了。
「平次老大！真的又發生夜路襲擊了嗎？」
「嗯，你自己過去確認吧。」
岡七走過去一看，有一名武士裝扮的天狗倒卧在路邊。
這傷勢……
你也察覺到嗎？
是的，前的夜路之襲擊案，受害者全都是從正面被斬，這一次卻是背部被斬……
大哥，他的右手握着一些東西！

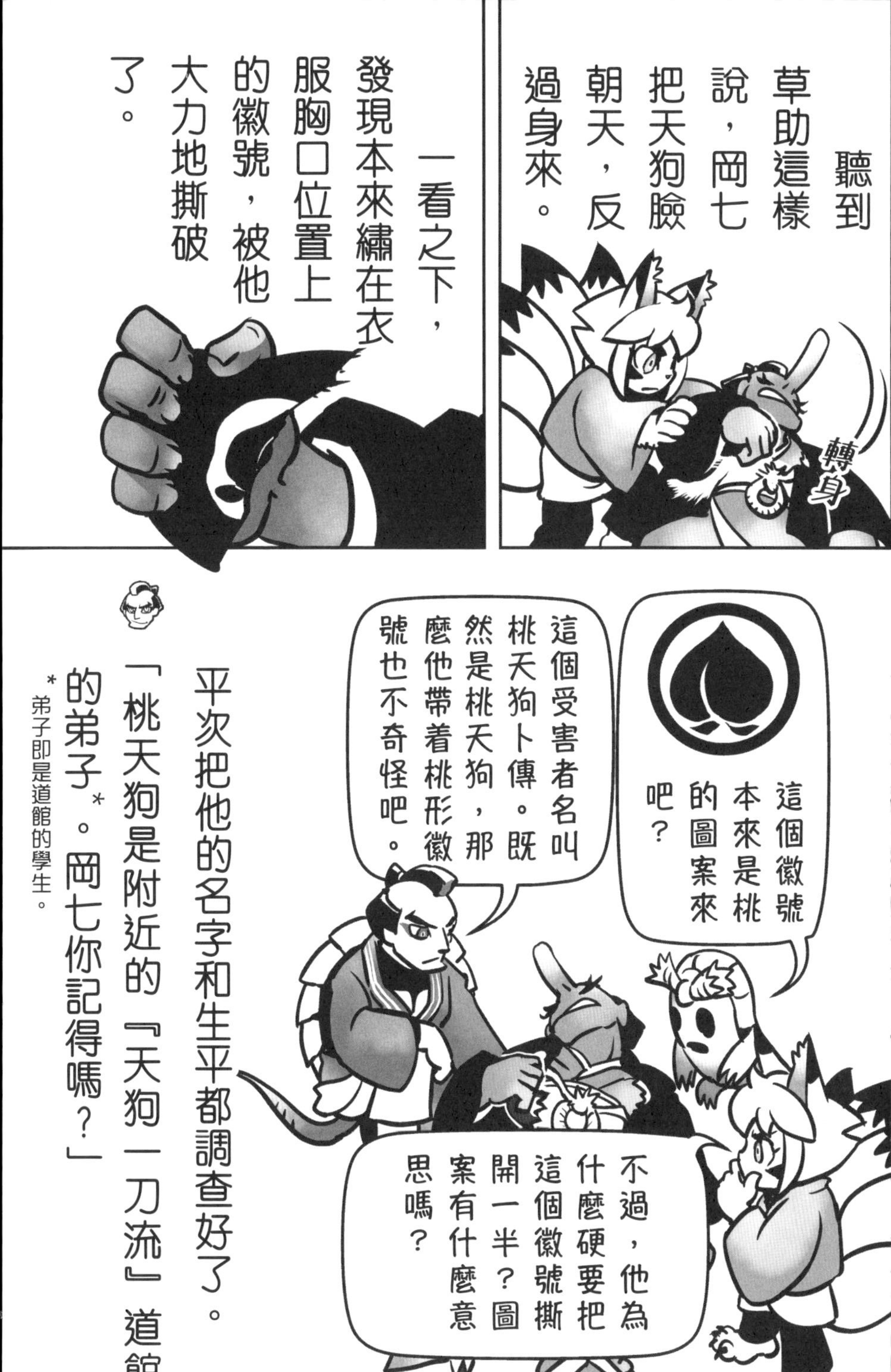
聽到草助這樣說，岡七把天狗臉朝天，反過身來。
轉身
一看之下，發現本來繡在衣服胸口位置上的徽號，被他大力地撕破了。
這個徽號本來是桃的圖案來吧？
這個受害者名叫桃天狗卜傳。既然是桃天狗，那麼他帶着桃形徽號也不奇怪吧。
不過，他為什麼硬要把這個徽號撕開一半？圖案有什麼意思嗎？
平次把他的名字和生平都調查好了。
「桃天狗是附近的『天狗一刀流』道館的弟子*。岡七你記得嗎？」
*弟子即是道館的學生。

「天狗一刀流，就是之前被斬傷的道館館主！」

「對啊，之前被襲擊的所有受害者都是沒有關係的，但這一次，竟然是同一道館的第二個妖怪遇害……我總覺得這次事件跟之前的夜路襲擊案是不一樣的。」

「對啊，平次老大，老實跟你說……」

事到如今，岡七跟平次說出劍四郎的事情了。

「你說什麼？昨晚竟然發生了這樣的事情！」

就算穩重如平次，聽到這事情也不禁大驚。

「平次老大我瞞着你，真對不起，我本來是打算把事情搞清楚後才告訴你的。」

「沒事沒事。不過，既然岡七昨晚抓住了劍四郎，那麼這案件果然是……」

我們先去那間道館，向其他弟子問問話吧！
大哥！你連我也瞞着，真是太過分了！
生氣
別生氣，我打算早晚會告訴你的！

岡七他們來到附近的天狗一刀流道館。
天狗一刀流道館
天狗一刀流劍術，就如名字一樣，是專為天狗而設的劍術。道館的弟子，當然也全是天狗。岡七他們正要向這些天狗問話。
弟子(1) 紅天狗
弟子(2) 藍天狗
弟子(3) 黃天狗
弟子(4) 綠天狗
弟子(5) 紫天狗
弟子(6) 白天狗

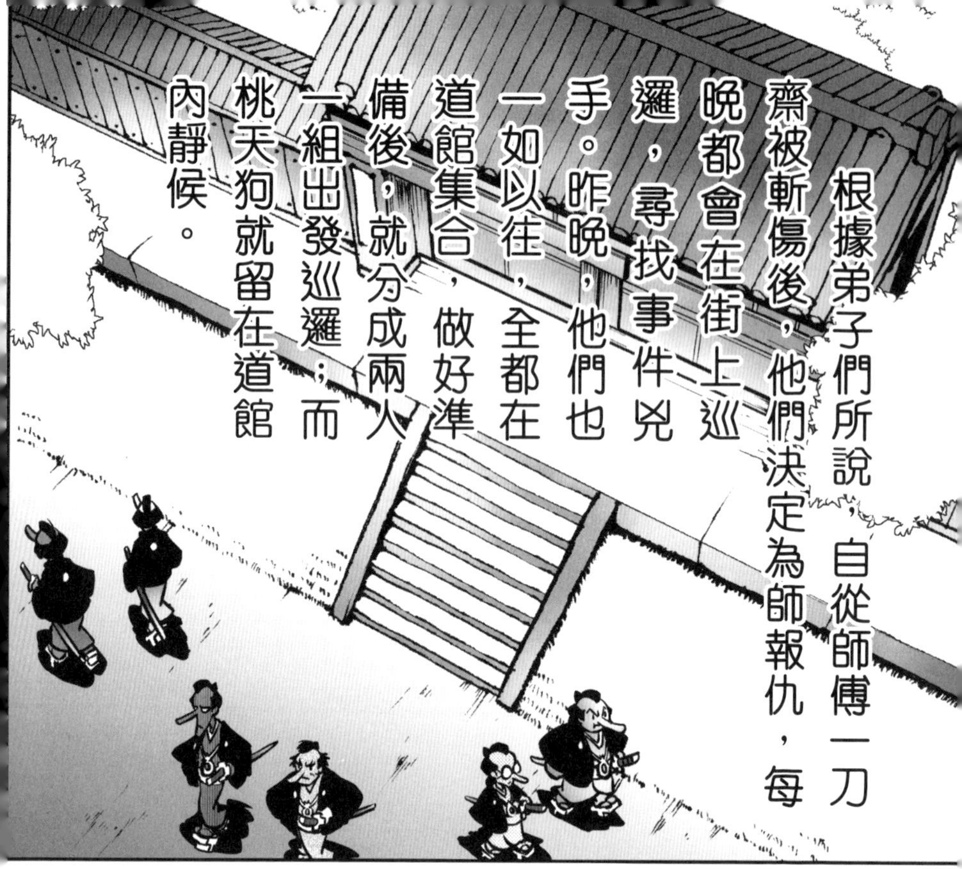
根據弟子們所說，自從師傅一刀齋被斬傷後，他們決定為師報仇，每晚都會在街上巡邏，尋找事件兇手。昨晚，他們也一如以往，全都在道館集合，做好準備後，就分成兩人一組出發巡邏；而桃天狗就留在道館內靜候。

「不過，昨晚桃天狗師兄在我們外出巡邏後，好像也自己一個出去了。」

「師兄為什麼要外出？」

「他是想親自尋找真兇，為師傅報仇吧？因為桃天狗師兄最得師傅歡心，師傅早已指定他當下任館主。」

「然後師兄就遇上夜路襲擊案的真兇，結果反而被幹掉了？」

「那個狂徒越來越過分，罪無可恕啊！」

那麼，是誰最先發現桃天狗的？
是我們。我和綠天狗巡邏回來，就發現桃天狗師兄倒在道館附近的路旁！
之後我和紫天狗也巡邏完畢回來了。
即是說，黃天狗和綠天狗、藍天狗和紫天狗、紅天狗和白天狗一組……
而最後就是我和白天狗回來。
我搞不清！全都是顏色，好頭暈啊！

「各位在巡邏的時候總是待在一起，有人中途不見了嗎？」

天狗全都搖着頭，說沒發生過這樣的事。

「是嗎？小心起見，請讓我們進道館去調查一下。」

平次和岡七就走進道館，開始調查了。

桃天狗師兄不是在外面被斬的嗎？在這裏調查也沒意思吧？
真是胡來！

唔？雖然這裏被擦乾淨了，但還留有少許血的氣味……而且是桃天狗的血味！
嗅嗅
什麼？
岡七的鼻子非常靈敏，就算非常輕淡的氣味，他也可以嗅得出來。
這下子就解決了，岡七！
對啊，平次老大！
？
這次案件的真兇就是你們兩個！
七 給讀者的挑戰
好了，岡七他們到底發現哪兩個是真兇呢？各位讀者，你也知道了嗎？
*提示：可留意每組的天狗各自代表的顏色、兩色混合後的顏色，以及桃天狗代表什麼顏色。

真兇就是紅天狗和白天狗你們！
喂、喂！你亂說什麼！
為什麼說我們是真兇啊！
今次的事件，跟之前的夜路襲擊案不同，受害人是背部被斬的。如果桃天狗先生真的遇上了之前的兇手，又怎會背對着他？是他太不小心？還是打算逃走而背向對方？不論是哪一樣，作為學劍弟子，都太不合理吧？

「不過，如果桃天狗是被熟悉的師兄弟斬傷，事情就變得合理了。因為相信對方，所以才會背向他們……」

因為這個原因，岡七和平次一開始就懷疑這是其他弟子所為。

「大家昨晚留下桃天狗後，全都是兩個一組外出巡邏了吧？」

「是的。」

「可是在那之後，紅天狗和白天狗就立即返回道館，趁着桃天狗不覺，就襲擊了他。」
啪吵
留在道館上的血味就是證據了。雖然你們已經擦得一乾二淨，但可瞞不過我的鼻子啊。
然後你們為了把事情偽裝成夜路襲擊案，就把桃天狗丟在路上，然後才去巡邏。為了讓其他弟子先發現桃天狗，所以你們故意晚一點才回來……我有說錯嗎？
這是真的嗎？

「等、等一下！就算桃天狗師兄是在道館內被師兄弟所傷的，但為什麼一口咬定就是我們？」

「對！說不定是其他弟子所為！」

「因為，桃天狗先生已經告訴了我們，你們兩個就是真兇啊！」

「什麼！」

「桃天狗先生將他衣服上的桃形徽號一分為二，大概就是想留下線索，指示出真兇。」

「你說桃形徽號？那又怎麼樣？」

桃是粉紅色的，粉紅色要分開成兩個顏色，會是什麼顏色呢？
該說，哪兩種顏色混合起來後，才會變出粉紅色呢？
啊呀，原來如此！紅白混合就會變成粉紅色！他即是暗示說，紅天狗和白天狗就是真兇嗎？
嗚！

「如果你們還要堅持自己是清白的，就給岡七嗅一下你們的刀，刀上一定還留有桃天狗先生的血味。」

聽到平次這麼說，紅天狗和白天狗終於都坦白說出一切。

「可惡……差一點就能瞞天過海了……只要桃天狗不在，我就會是道館的下一任館主！」

看來這就是他們的犯案動機了。

「不過，有一點我搞不清楚。你們在斬擊桃天狗先生後，是怎樣吸取他的妖力的？雖說是想偽裝成夜路襲擊案，但不是這麼容易就可以做到啊。」

嘿嘿，你不明白我就告訴你吧！

白天狗說着，就從懷中取出一隻像是小動物般的妖怪。

這小傢伙是住在深山的妖怪「野鼯」！牠只要附在別的妖怪身上，就會吸掉對方的妖力啊！
放出
野鼯
嗚哇！
附着
這傢伙真的在吸取妖力啊！
啜啜
嗚～好噁心啊！
事到如今只好把這裏所有人都斬掉，讓野鼯吸光你們的妖力吧！
好啊！野鼯你首先去吸食平次吧！
亮劍

真好玩！我就來當你的對手！
鐺
錚
飛撲

颼颼
颼

命中
命中

掉下
掉下
呼……
跌下
好厲害！一下子就將所有對手打倒了！
平次老大果真是貨真價實的妖怪江戶第一大捕快～
就這樣，把桃天狗斬傷並將私人恩怨裝成夜路襲擊案的真兇都被抓起來了。
反而真正的夜路襲擊案……最可疑的，就是那把不見了的刀吧？
是的，你說得對。

「我認識一個什麼都懂的老伯，接下來，我打算去見見他，問問他是否知道那把刀的事情。」

「是嗎？那你得知什麼新的資訊後，請記得告訴我。」

平次說完，就帶着兇手離去了。

岡七解決這案件之後，就和草助一起前往一座古廟。
唉，最後還是要來這裏……

「怎麼了，草助？你不想來嗎？」

「我受不了那位老伯……」

岡七不管草助的說話，直走進古廟。
喂～阿修羅爺爺，你在嗎？

哦哦，是岡七嗎？
草助也在一起嗎？
很久不見了～
修次郎
阿太郎
羅三郎

岡七來找的，是一個三頭六臂的妖怪，名叫阿修羅爺爺。
阿修羅爺爺在這間古廟當住持，無事不曉，所以每當岡七有搞不懂的事情時，就會前來請教他。

哇哈哈……
你精神很好啊，阿修羅爺爺。
看啊，連臉孔也很可怕……
阿修羅爺爺

「什麼很好啦，我已經半條腿踏進棺木了。」

「真的，最近耳朵都聽不清楚，眼睛好像也模糊了。」

「而且啊，修次郎總是鼻水長流的，他真是髒死了！」

什麼？羅三郎你才髒啊，你總是隨處小便！
我才沒有！隨處小便的是阿太郎才對！
他們的關係還是一樣差……
別鬧了！我們三個是用同一個身體的，是誰隨處小便都不知道啦！
吵死了！
一驚

「你們有精力吵架，肯定不會這麼快歸天吧？我今天來，是有一件很重要的事情要請教你們的。」

岡七將之前發生的一切都告訴阿修羅爺爺。

「所以，我覺得那把刀很可疑……你們知道有什麼刀可以控制其他妖怪的嗎？」

「唔……我沒聽過那樣的刀啊～」

「難道那是刀的古物精怪？如果是的話，他擁有妖力來控制其他妖怪，也不足為奇啊。」

「不，依我看，那把刀不是古物精怪，似是一把普通的刀。」

「等一下……你說遇害者全被吸去妖力？會操控妖怪的刀我沒聽說過，但會吸取妖力的刀我倒是知道！」

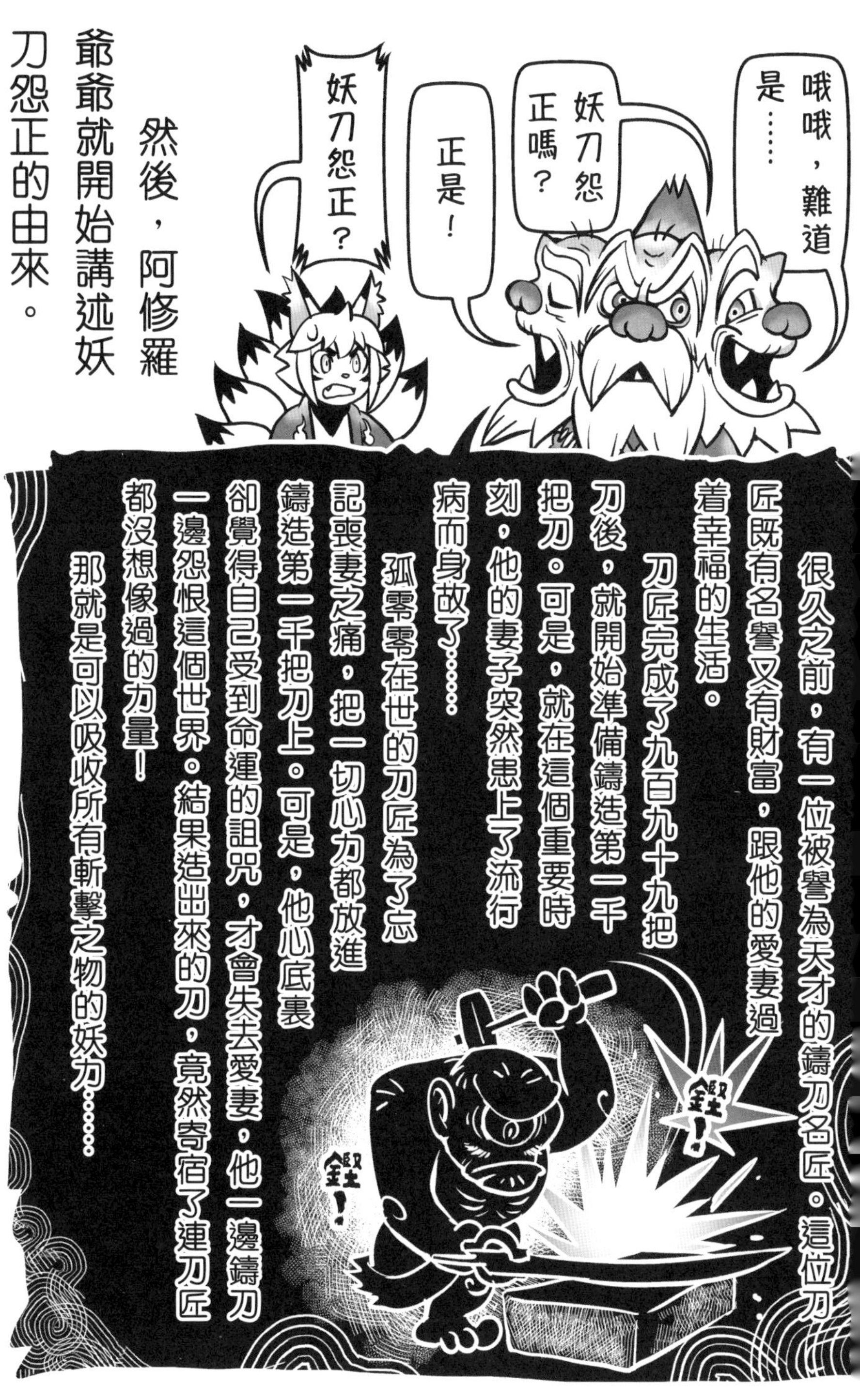
哦哦，難道是……
妖刀怨正嗎？
正是！
妖刀怨正？
然後，阿修羅爺爺就開始講述妖刀怨正的由來。
很久之前，有一位被譽為天才的鑄刀名匠。這位刀匠既有名譽又有財富，跟他的愛妻過着幸福的生活。
刀匠完成了九百九十九把刀後，就開始準備鑄造第一千把刀。可是，就在這個重要時刻，他的妻子突然患上了流行病而身故了……
孤零零在世的刀匠為了忘記喪妻之痛，把一切心力都放進鑄造第一千把刀上。可是，他心底裏卻覺得自己受到命運的詛咒，才會失去愛妻，他一邊鑄刀一邊怨恨這個世界。結果造出來的刀，竟然寄宿了連刀匠都沒想像過的力量！
那就是可以吸收所有斬擊之物的妖力……
鏗！
鏗！

那麼，那把就是怨正刀嗎？
對啊！怨正刀因此被稱為詛咒的妖刀。
鑄造出怨正刀的刀匠之後如何就不得而知了。不過傳說他也被怨正刀吸去了妖力，而氣絕身亡了……
而那之後，怨正刀落入什麼妖怪的手上、現在在哪裏，一切都成謎了。

「總之，我沒聽過其他會吸取妖力的妖刀，所以今次的夜路襲擊案所用到的刀，肯定是怨正刀沒錯。」

「爺爺，如果我們破壞了怨正刀，那麼被吸取的妖力，會回到原來的妖怪身上嗎？」

「唔……應該會吧？不過，要破壞怨正刀，可不是容易的事情啊……」

「哦哦，說起來，怨正刀還有一個傳說。就是千魂傳說！」

「千魂傳說？那是什麼？」

當怨正刀吸收了一千個妖怪的妖力後，就可以發動驚人力量。而拿着刀的妖怪只要許願，任何願望都可以實現！
任何願望？原來怨正刀擁有這麼厲害的力量！

「唔……我們所知道有關怨正刀的事情就這麼多，幫得上忙嗎？」

「很有幫助！謝謝！」

聽完阿修羅爺爺的話，岡七道謝後就步出古廟。天色已經完全暗起來了。

原來如此……怨正刀雖能吸收妖力，卻沒有能力控制別的妖怪。那麼，控制劍四郎的到底是誰？
不論是誰，他肯定就是夜路襲擊案的主謀吧？

今晚搞得太晚了，草助，你要來我家過夜嗎？
咦？真的行嗎？

同一時候，千津也在夜路上走着。
已經這麼晚了，不知道哥哥睡了沒有？
因為劍四郎已恢復原狀，所以千津也鬆了一口氣，到久違了的澡堂浸浴，放鬆一下。
可是，千津身後有一個影子正在跟蹤着她。
事到如今，可不能就這樣放棄……怨正刀已經儲存了九百九十七個妖怪的妖力，只要再多斬三個妖怪，就夠一千個了！
這個影子正是掌握今次案件秘密的妖怪——影法師！
潛下去

唦唦唦……
不好意思了，千津小姐，今次要借用你的身體了……
千津看到自己的影子正被另一個影子潛進來。
啊！
潛入
可是，下一刻她已失去了意識。
影法師會潛進別的妖怪的影子，去控制他們，劍四郎之前就是這樣被他控制。
呼
影法師借用了千津的身體，到底有什麼企圖呢？

簡單介紹一下

角色介紹　妖怪大全

妖怪・影法師篇

能控制其他妖怪的神秘角色

影法師終於露出真身，他到底是怎樣的妖怪呢？

影法師

他的最大特點，是可以潛入別的妖怪的影子，隨意操控他們。他就是利用了這種能力，操縱了劍四郎，犯下夜路襲擊案！

他的一生都充滿着謎團！

影法師出生於遠離妖怪江戶鎮的山林小村莊，可是他如何出生，至今也是一個謎。而他自出生起，就一直獨個兒生活。

而且，因為他那如影子一樣的外表，和可以操縱妖怪的能力，令大家從來都不喜歡他。

長大了的他走了歪路，當上小偷！

影法師如影子一樣的身體讓他可以輕易潛進任何地方，這能力誘使他長大後當上了小偷。數年前，他潛進了一位富戶的倉庫，偶然發現了妖刀怨正！

影法師在怨正刀旁發現了一張古紙，上面寫着怨正刀的秘密。影法師就此知道了只要用怨正刀斬擊一千個妖怪後，就可以達成任何願望。

操縱劍士，屢次犯下夜路襲擊案！

影法師雖然知道了怨正刀的千魂傳說，但因為自己不懂劍術，所以就想到一個妙計，潛入劍術高手的影子裏面，操控他們來進行襲擊。

就這樣，影法師操控了很多劍士，在各地犯下夜路襲擊案。在兩個月前，他終於來到妖怪江戶鎮！

而他在妖怪江戶鎮看上的，就是犬神劍四郎……不過，達成斬擊一千個妖怪的條件後，影法師會許下什麼願望呢？這就要留待下一回分解了！

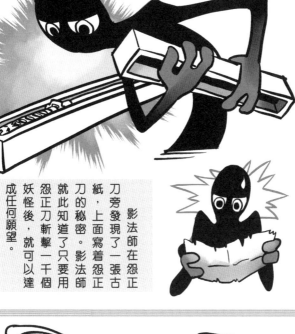

第四回
對手是錢龜平次？
開門
哦，千津，你回來啦？
哥哥，我把刀帶回來了。來，拿起它。
這是之前那把刀？
「千津你為什麼會有這把刀？」劍四郎發現千津的影子裏，潛藏着什麼東西。
你、你是什麼人！
嘿嘿嘿……被你發現了嗎？對啊，控制千津小姐的就是我。

「難道之前控制我的妖怪也是你嗎？」

「對啊，我還不想和你分開，所以又再回來了。」

「你胡說什麼！我不會再被你操縱的！」

「是嗎？」

如你不聽話，我就傷害千津小姐。
千津拔出刀，向着自己的身體。
等一下！你要幹什麼？
劍四郎想也不想，就把千津手中的刀奪過來了！
千津，放開這把刀！
搶！
影法師就趁着這一瞬間，進入了劍四郎的影子裏。
！
潛進

嚇！
影法師進入劍四郎的影子後，千津回復原狀了。
哥哥，又是那把刀？不行啊，你要清醒一點！
真囉嗦！
閉嘴！
閃光
如果斬擊了千津小姐，就只欠兩個妖力，可是……
嗚嗚……
哼！
踏步
啊！

哥哥！
還欠三個……
只要再斬擊三個妖怪，我的願望就可以實現了！
急步跑……
千津跑到岡七那裏求救。
岡七老大！
我是千津！
碰碰碰碰
!?
坐起
零吉和阿六他們也驚醒了。
千津小姐！
求求你！去阻止我哥哥啊！
冷靜點！你好好告訴我發生什麼事吧！
怎麼了？

千津就將剛剛發生的事全部告訴了岡七。

「你說什麼？劍四郎先生再被操縱了？」

「其實，在哥哥之前，我好像也被操縱了……」

「什麼！到底你們被誰操縱了？」

「我不知道啊！不過，我看到有什麼東西潛進我的影子之中，之後我就失去意識了……」

「你說影子？」

我明白了！那傢伙有着影子一樣的外表，所以那時候才可以避開我的縫影針！
原來如此……那麼當時那個不是劍四郎的影子，而是影子狀的妖怪……

「總之現在要先找出劍四郎先生！」

「我明白了！草助，你快幫我去通知平次老大吧！」

「遵命！」

草助立即就出發了。

而岡七和零吉就依着千津的指示，去尋找劍四郎。
哥哥是向這個方向跑去的！
這個時候，他們聽到附近發出了慘叫聲！
哇啊～
啊，在那邊！
岡七他們趕到，已經慢了一步。
這就是九百九十八個……還欠兩個！
吸收——
劍四郎先生！
哥哥！
又是你們嗎？來得正好啊，只要再擊倒你們兩個，就夠一千個了！

岡七向着劍四郎的影子大叫。

「喂！藏在影子中的妖怪！你已經暴露真身了！」

「什、什麼？」

「你這個卑鄙的傢伙，不要躲在別人的影子裏，堂堂正正給我站出來啊！」

影法師操縱劍四郎，向岡七他們攻擊。

就在這時候！
颼～
等一下等一下～
幹麼？
等一下啊！
颼～
噴射
跳下
頭暈
襲擊案的真兇，接受處分吧！
平次老大！
喂，你沒事嗎？
我的雙眼轉個不停～

哼！你就是妖怪江户鎮最受歡迎的錢龜平次吧？
我們這邊有三個妖怪，你還要跟我們對抗嗎？
踏步
踏步

在以一敵三的情況下很不利，所以影法師立即抓住站在旁邊的千津！

抓住
你們再走近，我就對她不客氣！
啊！

糟了！
千津小姐！

「聽好了，你們不要追上來！你們敢來的話，我就立即斬了她！」影法師說着，打算帶着千津逃走。

可是，岡七卻不相信影法師的話。
真有意思，你下得了手的話就試試看啊。
喂，岡七！
你、你說什麼！

「喂，黑影子！如果你打算襲擊千津小姐的話，之前一早就做了，但你們可是一直住在一起的啊！」

「那、那又怎樣？」

「那麼你為什麼不襲擊她……那是因為你打從心底不想傷害千津小姐吧？」

「嗚……」

就如岡七所說，自出生以來一直都是孤單一個的影法師，自從他以劍四郎的身分跟千津一起生活之後，感受到家庭的感覺。

來，把千津交給我們！投降吧，不要再犯案了！
嗚嗚……
真囉嗦！
推！
危險呀！
影法師突然把千津推出去。
有機可乘了！
揮刀！
嗚啊！
嘿嘿嘿……錢龜平次也不是怎樣厲害啊。
吸收ーー
平次老大！
嗚！還欠一個就完成一千個了……

不，剛好是第一千個！
說畢，影法師用怨正刀傷害劍四郎的身體！
錚！
哥哥！
壞蛋！你要幹什麼！
劍四郎倒下後，影法師從劍四郎的影子中現身，並手握怨正刀。
太好了！終於達成千魂傳說了！
嗚啊～
很強勁的妖氣！
那就是怨正刀可以實現任何願望的力量嗎？

影法師向怨正刀許願了！

「怨正刀，請傾聽我的願望！我想要一個身體！不是一個影子，而是強壯又好看的身體！對了，就像那傢伙……」

影法師看着倒下了的平次。

給我錢龜平次那樣的身體吧！
閃光——

之後，影法師的身體被刺眼的光線包圍了。

當光線消失後，影法師變身成錢龜平次。

是「影子平次」才對！

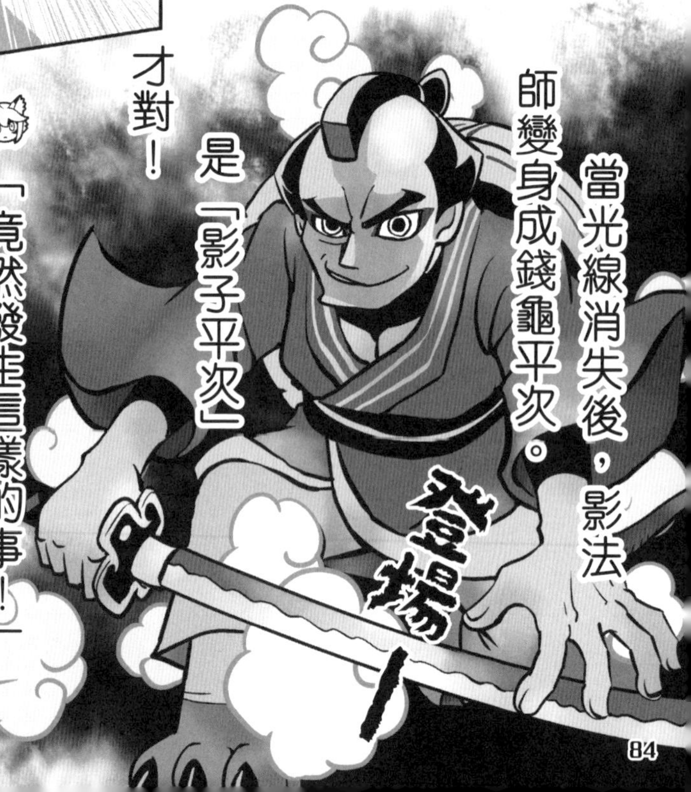
登場——

「竟然發生這樣的事！」

「我們要怎麼辦，岡七？」

「沒辦法了！就算他變成了平次老大的樣子，也得將他爪主，再將怨正刀折斷！」

啊……這就是真正的肉體嗎？
草助，請照顧千津！
遵命！
那麼，你就用那真正的肉體，嘗嘗痛楚吧！
呼呼發射……
刺蝟妖術，飛針！
哼，雕蟲小技！
颼
颼
影子平次擲出的金錢鏢，將零吉射出的飛針一一擊落。
鏗！
鏗！
鏗鏗——
影子平次不單有着平次的外表，還得到他的技能和力量！

熊熊—
這一招你如何接！
狐火灼熱彈！
岡七射出極高温的巨大狐火彈。
化解
可是，影子平次那堅硬的甲殼，輕易就將狐火擋住了。
這身體真了不起！防禦上也是無敵！
岡七靠過來！我有個計劃！
悄聲悄聲
我明白了！

來吧，岡七！
飛針散發！
好的，零吉！
狐火散彈！
發射……
熊熊……
他們發射了無數的狐火和飛針，散落到影子平次的身體上。
哈哈哈！完全沒用啊！
呼
鏗
鏗
呼
岡七和零吉兩個合力攻擊，難道一點用處也沒有嗎？
嘎嘎
嘎嘎

「怎麼了？你們已經完了嗎？我那堅固無比的硬殼，還是絲毫無損啊！」

可是零吉卻嘿嘿地笑起來。

「是的，已經足夠了。這下子你就一步都不能動了。」

「什麼？」

影子平次正打算移動身體，可是卻完全動不了。

影子平次的影子上，插着很多飛針。這正正就是零吉的目標！

嘿嘿嘿……我們可不是射偏了，只是用眾多的針來擾亂你，再混入我的縫影針！
真諷刺。你因為有了肉身，反而有影子了……我們就是盯上這一點！
可……可惡啊！
可是，也許是岡七他們太不走運，天上的烏雲竟然遮蔽了月光！
如果地上的影子消失了，零吉的縫影針就會失效。
啊，不好了！影子消失了！
什麼！

哈哈，我可以動了！
隆隆隆……
身體重獲自由之後，影子平次使出回轉飛行術，飛到天空。
糟了！
輪到我出招了！
閃光
轉動
轉轉

碰啪——
危險啊！
嗚哇！
一分為二——
不愧是妖刀怨正！意然這麼鋒利啊！
現在不是佩服敵方的時候啊！

別停啊，我還陸續有來啊！
衝
嗚！
刺中
糟了……我的腳被擊中了。
零吉！
別擔心，只是擦傷！
好啊！這下子我們是勝是敗……賭一把吧！
喂！你想幹什麼？

影子平次再度攻擊，
但岡七今次竟昂然挺立在
他的面前！
好，來吧！你
那把鈍刀是斬
不開我的！
轉動轉動
翻筋斗
翻筋斗
妖術！
金剛狐變身！
碰咚！！

岡七使
用變身術，
讓自己變成
堅硬的石像
了！
轉動轉動
鏗！
什、什麼！

成功啦！怨正刀折斷了！
就算鋒利如妖刀怨正，也無法把這石像斬開，然後斷成兩截了！

變回
岡七，你沒事嗎？
沒事，我還好好活着啊！
不過啊，如果我像平時那樣變身失敗的話，就輪到我被一分為二了……
嗚……嗚啊啊啊～
這個時候，截斷了的怨正刀散發出無數的火球。
飛舞
「那些火球是什麼？」
「那是怨正刀曾吸取過的一千個妖怪的妖力！」
那些妖力各自回到原本的妖怪身上了。
進入
嗚……
哥哥！

然後……
嘶嘶～
啊啊，我辛苦得來的身體……
依靠怨正刀得到的能力也一併消失了。
那傢伙又變回一個普通的影子了……
岡七輕易就抓住了失去怨正刀力量的影法師。
事情就這樣圓滿解決了。
翌晨——
千津和劍四郎來到岡七的長屋，跟大家正式道謝。
今次真的很感謝你們。

這個時候，剛巧錢龜平次也來到了。
早啊，岡七！
平次老大！

「那個黑影傢伙怎麼樣了？」

「他打回原形後，可能更加絕望了，在牢獄中還算聽話。」

「是嗎？想想看，其實那傢伙也蠻可憐的，只是想歪了。」

「不管那個影子了。岡七，今次多得有你幫忙，謝謝你！」

「不，沒什麼啦！」

另外也要跟你道謝。謝謝你，零吉先生。
什麼啦，不要這麼客氣啦。

嚇！
他剛剛叫你零吉！
糟了，我回應他了！

嘿嘿
果然如此嗎？

踏步
踏步
算了，我今天只是來道謝，先走啦！
呼～
太好了！只是那樣就罷手了……
可惡！這傢伙始終都是令人不爽！
那麼，大家要一起吃早飯嗎？
為了慶祝成功破案，我今天也使出渾身解數來做早飯吧！
啊，我也來幫忙吧！
夜路襲擊案告一段落，妖怪江戶鎮又回復和平了！
太好了，有飯吃！
可惡！
算了吧！
讓岡七初展身手的《妖怪江戶篇》亦正式完結了，多謝各位捧場。
零吉那一份就交給千津小姐你弄吧！
好的……

❶ 無面妖怪的孩子不見了？

岡七的妖力非凡，可以隨意變身，也有敏鋭的觀察力和推理能力，還有兩位好同伴——草鞋妖怪「草助」及長頸女妖「阿六」的幫忙，他們能否順利捉拿真兇、解決拐帶案件呢？

❷ 狐妖捕快初會刺蝟大盜！

狐妖岡七遇上勢均力敵的對手了，他就是把妖怪江戶鎮鬧得沸沸揚揚的大盜——刺蝟小子零吉！捕快與盜賊誓不兩立，究竟岡七能否查出零吉出沒的因由，順利捉拿他呢？

❸ 食夢獸大追捕！

妖怪江戶鎮連續發生了多宗食夢事件，引致鎮民無法安睡，而且連大捕快岡七也身受其害！岡七為此遠赴港口城鎮妖虎橫濱，但馬上受到當地的統治者妖虎一族的圍困。處處受敵的岡七最終能否找出貘獸，解決食夢事件呢？

❹ 影子武士的夜路襲擊！

妖怪江戶鎮在深夜出現了一個可疑的武士，他會襲擊路過的鎮民並吸取他們的妖力。兩位捕快聯手調查期間，卻發現更多的謎團。岡七能否在錯綜複雜的案情中，找出事件的真兇呢？

作者：大崎悌造

1959 年出生於日本香川縣，畢業於早稻田大學。1985 年以漫畫作者的身分進入文壇。因自幼喜歡妖怪、怪獸及恐龍等題材，所以經常編寫此類書籍，並以 Group Ammonite 成員的身分，創作《骨頭恐龍》系列（岩崎書店出版）；此外亦著有日本史、推理小說、昭和兒童文化方面的書籍。

繪圖：有賀等

1972 年出生於日本東京，擔任電玩角色設計及漫畫、繪本等繪畫工作。近年作品有漫畫《洛克人Gigamix》（CAPCOM 出品）、《風之少年Klonoa》（BANDAI NAMCO GAMES 出品；JIM ZUB 劇本）、繪本《怪獸傳說迷宮書》（金之星社出版）等；電玩方面，在「寶可夢 X · Y」（任天堂出品；GAME FREAK 開發）中參與寶可夢角色設計，亦曾擔任「寶可夢集換式卡牌遊戲」的卡面插圖繪畫。

色彩、妖怪設計：古代彩乃　**作畫協力**：鈴木裕介

日文版美術設計：Tea Design

妖怪捕物帖——妖怪江戶篇
④影子武士的夜路襲擊！
作　　者：大崎悌造
繪　　圖：有賀等
翻　　譯：HN
責任編輯：黃楚雨
美術設計：劉麗萍
出　　版：新雅文化事業有限公司
香港英皇道499號北角工業大廈18樓
電話：(852) 2138 7998
傳真：(852) 2597 4003
網址：http://www.sunya.com.hk
電郵：marketing@sunya.com.hk
發　　行：香港聯合書刊物流有限公司
香港荃灣德士古道220-248號荃灣工業中心16樓
電話：(852) 2150 2100
傳真：(852) 2407 3062
電郵：info@suplogistics.com.hk
印　　刷：中華商務彩色印刷有限公司
香港新界大埔汀麗路36號
版　　次：二〇二二年十一月初版

ISBN: 978-962-08-8082-7
ORIGINAL ENGLISH TITLE: *YOUKAI TORIMONOCHOU 4 ZENIGAME HEIJI TO NOROI NO YŌTŌ*
Text by Teizou Osaki and Illustrated by Hitoshi Ariga

18/F, North Point Industrial Building, 499 King's Road, Hong Kong
Published in Hong Kong SAR, China
Printed in China